753

Ye

54427

LE PERROQUET.

PAR

M. LE C.te HONORÉ D'ANTIBOUL,

ANCIEN MAGISTRAT.

Cours à Paris, sur les bords de la Seine
Tu trouveras des mortels généreux.
(LE PERROQUET, p. 23.)

PARIS.

IMPRIMERIE DE PIHAN DELAFOREST (MORINVAL),
Rue des Bons-Enfans, n°. 34.

1834.

LE PERROQUET.

Provence mon pays, Provence parfumée,
Sous ton ciel j'aurais pu couler des jours heureux,
  J'ai préféré la vague destinée
        Du voyageur aventureux.

Berceau du genre humain, des arts terre classique,
Je visitai l'Asie et ses temples déserts;
Des peuples abrutis qui rampent en Afrique,
        J'aurais voulu briser les fers.
    Mais je poursuis ma course vagabonde,
        Je pars bravant les élémens,
        Mon vaisseau vole au gré des vents,
Salut, ô Washington! J'arrive au nouveau monde.
Que de bonheur pour moi: j'étais jeune et Français.
Ici la liberté commande en souveraine,
Ici nymphe aux yeux noirs par les plus doux attraits
A l'empire amoureux doucement nous enchaîne.

1

Que de regrets lorsqu'il fallut partir
De ce pays pour moi rempli de charmes ;
Ce ne fut pas sans répandre des larmes :
Le devoir commandait, et je dus obéir.
Je quitte mes amis, ma douleur est amère,
Chargé de leurs dons précieux
Je vais revoir la France et visiter les lieux
Où vivent mes parens, où repose mon père.

Je tenais d'une main chérie,
Intelligent, vif, alerte et coquet,
Phénix de son espèce, un jeune Perroquet :
De l'élever il me prit fantaisie.
De ses progrès fruits et bonbon
Étaient la douce récompense.
Je punissais sa négligence
Par le dédain et l'abandon ;
De Lisette, ma ménagère,
Il savait captiver le cœur ;
Le flatteur avait su lui plaire
Par ses propos, par sa douceur.
Quand la jeunesse a de l'intelligence
Et qu'à l'étude elle met son loisir,
Bientôt elle acquiert la science
Qui lui prépare un brillant avenir.
Par mes soins et ceux de Lisette
Phanor devint bientôt savant ;
L'espiègle tout le jour caquette,
Par ses bons mots il brave le passant.
Tantôt c'était par des sarcasmes

Qu'il l'engageait à s'arrêter ;
Tantôt feignant de répandre des larmes
On tâchait de le consoler.
Pour les enfans, des gaudrioles ;
Pour les belles, le compliment ;
Pour l'âge mûr, graves paroles ;
Aux prêtres, le *requiescant.*
Les troubadours à l'envi le chantèrent,
La presse lui paya tribut,
Les étrangers le visitèrent,
Il fut prôné par l'Institut.
La bonne Lisette était fière
De tant d'honneurs rendus à l'oiseau bien-aimé ;
Elle l'aimait comme une tendre mère
De ses amours chérit le premier né.
Mais, ô malheur ! ô fatale inconstance !
L'oiseau perd l'appétit, ses plumes leur fraîcheur,
De le sauver Lise perd l'espérance ;
S'il succombe, plus de bonheur.
Au désespoir la bonne Lise
Voit Phanor en danger et tremble pour ses jours ;
Mais c'est en vain qu'elle s'afflige,
Et pour le soulager il lui faut des secours.
Je la rencontre, elle était éperdue,
Triste, désolée et pleurant ;
« Qu'est-il donc arrivé? vous êtes bien émue.
— Phanor se meurt, dit-elle; il est agonisant.
    — Allez, retournez au plus vite ;
Je vais, pour calmer nos ennuis,
Chercher le médecin; il aura sa visite :

1.

Allez m'attendre, je vous suis. »
Lisette court, moi je vole:
En un instant je suis chez le docteur;
Sa présence me console
Et bannit l'effroi de mon cœur.
« Quel sujet ici vous amène?
Me dit-il, et d'où vient ce visage attristé?
— Je suis dans la plus grande peine
Pour un malade à toute extrémité.
Mais vous avez toute ma confiance;
Je suis certain qu'en lui donnant vos soins
Vous comblerez mon espérance,
Vous seul pouvez connaître ses besoins.
C'est pour Phanor que je suis en alarmes;
Je crains de le voir succomber :
Pour lui Lisette est dans les larmes;
Mon cher docteur, venez le visiter. »
Nous arrivons, notre présence
Ranime son cœur abattu.
Le docteur, plein de confiance,
Dit : « Bon espoir, rien n'est perdu.
Qu'as-tu donc mon bijou, quelle est ta maladie?
— Je souffre, le sommeil me fuit;
Une noire mélancolie
Partout m'affecte et me poursuit. »
Alors le médecin l'appelle,
Phanor obéit à l'instant,
Se pose sur lui, bat de l'aile
Et le béquète doucement.
« Sensible au mal qui te tourmente,

Je n'en suis pas épouvanté,
Je te promets une épouse charmante
Qui te rendra la joie et la santé.
  Allons, Lise, sur cette table
  Servez et biscuits et gâteaux,
  Et pour que tout soit confortable
  J'ordonne un verre de Bordeaux.
Cette liqueur lui rendra l'énergie
  Et la vigueur de ses beaux jours :
  La diète jamais ne s'allie
  Avec l'hymen et les amours. »
  Phanor, docile à l'ordonnance
  Du médecin mon vieil ami,
  Soudain entre en convalescence,
  Et s'il sommeille il est guéri.
  Le soin de l'Esculape habile
  D'un plein succès est couronné ;
  Phanor goûte un sommeil tranquille,
  Plus de crainte sur sa santé.
  Mais la prudence est nécessaire,
  Du mal prévenons le retour,
  Le temps presse et de cette affaire
  Il faut s'occuper sans détour.
Vous savez de Phanor quelle est la maladie ;
  Je vous l'ai dit : amour brûle son cœur :
Cherchons-lui sans délai perroquète jolie,
  Et nous lui rendrons le bonheur ;
  Vite, mettons-nous en campagne,
  Visitons les oiseaux de prix ;
  Nous y trouverons sa compagne :

Avec de l'or tout se trouve à Paris,
   Bientôt le ciel nous favorise,
Un objet ravissant se présente à nos yeux :
   Pour ma Lison quelle douce surprise,
   Phanor dormait bercé d'un songe heureux.
Mais telle est de l'amour la puissance divine,
Dès que la perroquète aperçoit son amant,
Émue elle se trouble, et sa voix argentine
Pousse un cri de plaisir qui l'éveille à l'instant.
   Dès-lors le chagrin l'abandonne,
   Il voit l'objet de ses désirs,
   Il se pavane, et soudain il fredonne
   Des chants d'amour et de plaisir.
   Dans son ivresse il contemple sa belle,
   Qui lui promet un doux retour ;
   En un instant il s'envole vers elle,
   Et va lui conter son amour.
   La perroquète, aimable et tendre,
   Le reçoit en le caressant,
   Force baisers lui laisse prendre :
   Que de bonheur pour un amant !
   Enfin les oiseaux se conviennent,
   Le mariage est arrêté,
   Plus d'obstacles qui nous retiennent :
   A bientôt la solennité.

Un merle beau parleur et messager agile
   Vole par voie et par chemin
Pour annoncer à la gent volatile
Que l'amour, cette fois d'accord avec l'hymen,

Par la plus heureuse alliance
Unit le beau Phanor à la tendre Néris ;
Que ces amans sont dans l'impatience
De voir arriver leurs amis.

La nuit a détendu ses voiles,
Le soleil dore les coteaux,
Le jour fait pâlir les étoiles,
Le laboureur retourne à ses travaux ;
Les habitans de l'air se mettent en voyage,
Portés sur les ailes du vent ;
Ils ont reçu de Phanor le message,
Se rendent à la fête avec empressement.
Des régions hyperborées,
De l'Orénoque et des bords de l'Indus,
Députations emplumées,
De leurs vœux aux époux apportent les tributs.
A côté de ce cygne à la blancheur céleste,
Un paon superbe étale l'arc d'Iris,
Près du pourpre flamand et de la riche aigrette
Brille l'oiseau de paradis.
Quelle est cette fleur qui voltige,
Le diamant près d'elle est sans éclat ;
Reconnaissez de l'Inde le prodige,
C'est un colibri délicat.
Bientôt arrivent à la fête
De nos vallons les hôtes moins brillans,
Le vif pinson, la modeste fauvette,
Le tendre rossignol l'Amphion de nos champs.
Fuyez, oiseaux de nuit, vous qui dans les ténèbres

Craignez la lumière du jour,
Fuyez d'ici, vous dont les chants funèbres
Épouvanteraient l'amour.

L'on part pour la cérémonie,
Phanor accompagne Néris :
Suivant leur goût, leur fantaisie,
Les couples se sont réunis.
Le temple est prêt, une blanche colombe
Des époux reçoit les sermens,
Qui jurent de s'aimer malgré le froid des ans
Et le silence de la tombe.

Sous un berceau que l'art et la nature
Avaient pris le soin d'embellir,
Le doux parfum des fleurs, du ruisseau l'onde pure,
Semblaient vouloir y fixer le plaisir.
L'approche à tout profane en était interdite :
Nul que moi jamais n'y rêva.
Lise le demandait, c'était ma favorite,
Pouvais-je refuser quelque chose à Lisa.
Soyeux tissu de l'Inde, un riche cachemire
Est étendu sur le gazon,
Et tout ce que le goût désire
Paraît avec profusion.
Sur des plateaux merveilles de la Chine,
Dans les vases d'un pur vermeil
Les mets sucrés et la liqueur divine
Se présentent avec orgueil.

Le fruit que Lucullus apporta de l'Asie,
La pistache d'Alep, la datte de Tunis,
L'orange aux doux parfums, le raisin de Syrie,
Pour la première fois se trouvent réunis.
   De tant de soins et de magnificence
    Mes hôtes sont émerveillés,
   Et des chants de reconnaissance
    Sont tour à tour entonnés.

Le jour fuit et Phœbé va remplacer son frère,
   Déjà faut-il quitter les jeux ;
Mais des lustres cachés un torrent de lumière,
Soudain de son éclat vient éclairer ces lieux ;
   J'avais fait construire en silence,
   Loin de tout regard étranger,
   Un pavillon dont l'élégance
   Ne laissait rien à désirer ;
   Dissimulé par la peinture,
   La porte n'était qu'un rideau
Où l'art avait si bien imité la nature
   Qu'on le prenait pour le fond du berceau.
   Inaperçue une douce musique
   Emeut les sens, je donne le signal ;
Le rideau disparaît, et mon pouvoir magique
Offre, au lieu d'un bosquet, une salle de bal ;
C'est ainsi que jadis par un coup de baguette
Une fée élevait un palais somptueux,
Que son pouvoir changeait une affreuse retraite
   En un Éden délicieux.
   Dans une ravissante extase

Mes oiseaux sont anéantis,
Ils semblent de leurs sens avoir perdu l'usage,
Mais un mot va rappeler leurs esprits.
Pourquoi rêver, troupe gentille,
Le temps qui fuit est précieux,
Profitez-en, formez-vous en quadrille,
La danse est le plaisir des mortels et des dieux.
Les oiseaux sont dans l'allégresse,
Chacun s'agite, et dans son vol hardi
Il cherche ses amours, il se hâte, il se presse.
Phanor est auprès de Néris.
Aux accords des luths d'Éolie
On voit les cercles se former,
On s'avance, l'on se défie,
On se fuit pour se rapprocher.
Ici la danse orientale,
Avec ses diamans, ses perles, ses rubis,
Brave en orgueilleuse rivale,
L'habitant de nos bois fleuris.
Ici, comme un duvet qui vole
Au gré du zéphir inconstant,
S'abandonne à la gaîté folle
De nos vallons le chantre ravissant.
Tous mes oiseaux sont dans l'ivresse,
Momus agite ses grelots,
Pour augmenter leur allégresse
Arrivent sorbets et sirops.
Phanor brûlant d'impatience,
Accompagné de sa Néris,
Fuit et veut échanger les plaisirs de la danse

Contre les myrtes de Cypris.
Jetons le voile du mystère,
Sur les amans et leur félicité :
Muse pudique, il faut se taire ;
Rejoignons la société.
La joie est toujours délirante,
Aucun ne s'était aperçu
Que Phanor et sa douce amante
De la salle avaient disparu.
Le coq chante trois fois, et la brillante aurore
Paraît sur son char de vermeil ;
Les oiseaux quittent Terpsichore
Et vont saluer le soleil.
Ce devoir accompli, la troupe à tire d'aile
S'envole au temple de l'hymen,
Et la sensible Philomèle
Fit entendre son chant divin :

D'accord avec l'hymen
Le tendre amour
En ce beau jour
S'allie,
Et le plus doux lien
D'une heureuse vie
Nous donne le gage certain.

Vivez dans les plaisirs,
Dans la volupté,
La félicité,
Jamais de tristesse,
Ce sont nos désirs,

Au ciel je les adresse,
Ils vont s'accomplir.

Ne quittez pas ces cantons,
Et loin des autans
Que le doux printemps
Toujours vous protége.
Ici nous ne connaissons
Ni brouillard, ni neige,
Ni les froids glaçons.

Comble de tes bienfaits
Les plus chers, les plus doux,
Ces tendres époux;
Ciel, je t'implore,
Fais que mes souhaits
Pour eux soient l'aurore
De jours sans regrets.

Fais, et tu le peux!,
Que ce favori
D'un enfant chéri
Soit bientôt le père:
En comblant les vœux
De sa jeune mère
Tu feras mille heureux.

Douze fois le soleil a parcouru la terre,
Je voudrais, mais en vain, par des plaisirs nouveaux
Offerts à la troupe étrangère,

La retenir dans mes joyeux réseaux.
Ils partent, mes regrets et leur reconnaissance
Les accompagneront dans leurs lointains climats;
    Ils quittent notre belle France,
    A leur patrie ils ne sont pas ingrats.
Allez, oiseaux légers, et que le ciel prospère
    Vous préserve de tout malheur;
    Du vautour redoutez la serre
    Et les filets de l'avide oiseleur.
    Ils sont partis, de l'hyménée
    Les époux goûtent les plaisirs,
    La lune de miel est passée,
    Celle qui suit augmente leurs désirs.
Les seuls instans qu'à l'amour on enlève
    A l'étude sont consacrés;
De sa Néris Phanor en a fait son élève,
    Que l'on juge de ses progrès.
Ma maison du bonheur semblait être le temple,
Mais sans le témoigner, Lise avait de l'ennui;
    Elle eût cédé volontiers à l'exemple,
    Son cœur demandait un mari.
    Mais Lisette n'était pas riche,
    Et quoiqu'on dise à tout venant
    Que pauvreté n'est pas vice,
L'intérêt à l'hymen donne un charme puissant!
    Comment combler cette lacune,
    Comment vaincre cette difficulté;
Voici, pour réparer les torts de la fortune,
    Ce que Phanor a projeté:
    Lise, dit-il, protégea mon enfance,

Me prodiguant soins assidus,
Je dois de ma reconnaissance
Lui payer les justes tributs;
Cherchons une troupe choisie
Parmi les oiseaux du vallon,
Donnons concert et comédie
Au bénéfice de Lison.
Ce projet de Phanor marquait l'intelligence,
Il me plut, certain que j'étais
Qu'un appel à la bienfaisance
Près des cœurs généreux aurait un plein succès.
De mes acteurs je ne suis point en peine,
Je sais que leurs talens rares et précieux
Peuvent avec honneur se montrer sur la scène
Mais je n'ai pas de salle pour leurs jeux.
Cet obstacle me contrarie,
A ma parole il faudra donc manquer,
Lorsque le directeur du temple de Thalie
Par ces deux mots vient me consoler :
Mon théâtre est couru, vous le savez peut-être,
De vous l'offrir je suis jaloux;
Disposez des décors, des acteurs, de l'orchestre,
Dès ce moment tout est à vous.
Cette offre franche et bienveillante
Dissipe aussitôt mon chagrin,
Elle surpasse mon attente;
Le spectacle est remis au lendemain.

La presse annonce et partout l'on publie
Qu'un descendant du célèbre Vert-Vert

Avec d'autres oiseaux joue une comédie,
  Que doit suivre un brillant concert.

  Dans la noblesse et la finance,
 Phanor comptait nombre d'admirateurs;
  On sait que ces classes en France
 Toujours des arts furent les protecteurs.
Dès le matin on se presse, on se hâte,
  Chacun veut avoir des billets,
  Partout l'impatience éclate,
  La ville entière est en accès.
  L'heure tant désirée arrive,
  La salle a peine à contenir
  Des curieux la foule active
Qui doit juger, critiquer, applaudir.
On fait silence, une tendre harmonie
  Prélude par des doux accords;
  Une brillante symphonie,
  Séduit les sens par des transports.
  A l'instant la toile est levée,
  Tous les regards sont enchantés,
 C'est le palais d'une puissante fée,
  L'olympe des divinités.
  Phanor paraît, et le théâtre
  Retentit d'applaudissemens,
  Et dans un parterre idolâtre
Circulent du plaisir les doux frémissemens.
  Chaque oiseau remplissait son rôle
  Avec grâce et fidélité;
  L'un est grave, l'autre est frivole,
 L'autre ravit par sa naïveté.

Si ma muse était moins inquiète,
Et si les dieux daignaient me secourir,
Je chanterais le bonheur de Lisette,
Il ne m'en reste, hélas! que le doux souvenir.
J'ai tout perdu, de ces dieux la colère,
Sur ma maison fait peser ses fléaux,
Phanor, Lise, Néris, ont quitté cette terre,
Et moi je n'attends plus que la paix des tombeaux.
Mais éloignons|penser mélancolique,
Écartons-en le souvenir amer,
Avec la troupe comique
Gagnons la salle du concert.
Lorsque le luth de l'amoureux Orphée
Attendrit le sombre Pluton,
Lorsque Thèbes fut élevée
Aux chants du lyrique Amphion,
De ces héros la voix était moins belle
Que les accords mélodieux
Que fit entendre Philomèle,
En sons touchans, harmonieux.
Le sansonnet fit sa partie
Accompagné du serin;
On admirait de l'un la mélodie,
De l'autre le joli refrain.
On entendit avec surprise
Le gai pinson, le vif chardonneret:
Le merle voulut faire à Lise
L'offrande d'un charmant couplet.
Enfin les voix se réunirent,
Jamais de plus brillans accords

Dans l'Olympe ne retentirent :
Tout est fini, que l'on écoute encor.
Chacun admire et s'extasie
Sur les talens de ces nouveaux acteurs ;
Phanor reconnaissant s'avance et remercie
En ces mots les spectateurs.

PHANOR.

Le malheur dans notre patrie
Trouva toujours des cœurs compatissans ;
Ailleurs le bienfait humilie,
Il se déguise ici sous des dehors touchans.

CHOEUR.

Célébrons la bienfaisance,
Elle est la fille des dieux ;
Elle a ses autels en France
Et son trône est dans les cieux.

LE SERIN.

Dans l'asile de la misère
Combien de fois n'ai-je pas vu
Les nobles, les grands de la terre,
De leur or porter le tribut.

CHOEUR.

Célébrons la bienfaisance, etc.

2

L'ALOUETTE.

Lorsque dans nos champs la tempête
Détruit l'espoir du laboureur,
Lorsqu'elle fait courber sa tête
Sous le fardeau de la douleur;
J'ai vu nos citadins sur ces pâles victimes
A pleines mains répandre les bienfaits,
Peut-être prévenir des crimes
Et déjouer de sinistres projets.

CHOEUR.

Célébrons la bienfaisance, etc.

LA MÉSANGE.

Des yeux de la beauté j'ai vu couler des larmes
Sur les malheurs d'un père, d'un époux,
Et pour soulager leurs alarmes
Sacrifier plaisir, parures et bijoux.

CHOEUR.

Célébrons la bienfaisance, etc.

PHANOR.

Pour assurer notre reconnaissance,
Il nous fallait un généreux concours,

Nous réclamons votre indulgence,
Nous acceptons vos dons et vos secours.

CHOEUR.

Célébrons la bienfaisance, etc.

Ces chants sont accueillis par un flatteur murmure ;
Il éclate aussitôt en applaudissemens ;
   Tel un ruisseau qui coule une onde pure
   Sort de son lit enflé par les torrens.
     Je compterai cette journée
   Parmi les jours de mon rare bonheur ;
   La bienfaisance est l'unique pensée
   Qui de tout temps a fait battre mon cœur,
   J'en recevais la douce récompense.
Lise était fortunée et mes oiseaux chéris,
   Par leur amour et leur reconnaissance
Me fesaient oublier mes peines, mes soucis.
    Libre de toute inquiétude,
   Je consacrais à la sainte amitié
   Les courts instans dérobés à l'étude,
    A la filiale pitié.

    J'habitais un champêtre asile,
    Loin du monde et de son fracas ;
    Ma vie était douce et tranquille,
   J'étais exempt de trouble et d'embarras.
   Je ne crains plus les cruelles alarmes,
    La douce paix règne en ces lieux,

Mes bienfaits tarissent les larmes
De l'infortune ; enfin je suis heureux.
Mais le bonheur n'est que vaine chimère,
Et quand on croit l'avoir atteint ,
De même qu'un songe éphémère
À l'instant du réveil se dissipe et s'éteint.

L'horizon s'obscurcit, de sinistres augures
Se répandent de toutes parts,
L'enfer vomit ses cohortes impures
Qui viennent présider à nos sanglans écarts.
Un voile noir pèse sur la patrie,
Et sous le nom de liberté
Et la licence et l'anarchie
Soufflent leur venin empesté.
Plus de dieu, plus de lois, tout se désorganise.
L'autel est violé, l'on brûle les palais,
Et le crime demande en son affreux vertige
Toujours du sang et de nouveaux forfaits.

Dans ce temps de terreur, l'innocent, le coupable,
Doivent subir même destin ;
Dans l'ombre un ennemi vous poursuit, vous accable,
Et vous livre au glaive assassin.
Dieux, éloignez de nous la discorde civile,
C'est un torrent dévastateur ;
Je l'ai trop éprouvé, lorsque de ma famille
Elle a détruit le chef, le protecteur.
Connu par ses vertus et son indépendance
Le Var d'Antiboul fit le choix

Pour concourir au bonheur de la France
Et du peuple assurer les droits.
Devant un pouvoir arbitraire
Son front ne s'abaissa jamais;
Il fit le bien, et sa sagesse austère
L'éloigna de tous les excès.
Fidèle à son mandat comme à sa conscience,
Avec l'honneur il ne sut transiger,
L'or n'acheta jamais sa complaisance,
Il vit le crime et l'osa démasquer.
Dès-lors sa mort est décidée,
Sans frayeur il la voit venir,
Le fer tranche sa destinée,
Pour sa patrie est son dernier soupir.
Sa mort comme un coup de tonnerre
Dissipa mon repos, détruisit mon bonheur,
Et tel que l'orphelin délaissé sur la terre,
Je ne connais depuis que la douleur.
Dès cet instant insensible à la vie,
Tout m'attriste, tout me déplait;
Les soins touchans d'une mère chérie
Ne peuvent calmer mon regret.
Par son affection et par son doux langage
Phanor jadis eût pu me consoler,
Mais tel un chêne abattu par l'orage
Le souffle du zéphir ne peut me relever.

Mes jours coulent dans l'amertume,
En vain j'invoque le trépas ;
Je voudrais mettre un terme au mal qui me consume,

Malgré tous mes efforts il ne me quitte pas.
  Phanor sensible à ma tristesse
  Chaque jour change et dépérit ;
  A peine si je le caresse ,
 Tant la douleur domine mon esprit.
  On n'entend plus ses chants de joie,
 Pour Néris même il est indifférent ;
Et la bonne Lisa quelque soin qu'elle emploie
  Renonce à calmer son tourment.
Cet oiseau si coquet, aujourd'hui solitaire,
  Fuit le plaisir, s'abandonne au chagrin,
  Ses larmes et sa plainte amère
De mes malheurs accusent le destin.
Il appelle la mort, il l'invoque, il l'implore ;
  Pour lui la vie est un fardeau,
Son plumage brillant pâlit, se décolore,
Et ce n'est plus qu'une ombre arrivant au tombeau.
Pour lui donner des soins j'appelle l'Esculape ;
  Il vient, Phanor lui dit en soupirant :
 « De notre corps lorsque la vie échappe,
L'art peut bien quelquefois ranimer un mourant ;
Hélas ! contre mon mal que peut votre science,
  C'est au cœur que je suis frappé.
Mon ami, mon mentor, perd tout, et l'indigence
  Va combler son adversité ;
  Tous mes soucis sont inutiles :
  Et ne pouvant le secourir
Que par des vœux impuissans, stériles,
  Il ne me reste qu'à mourir.
  Mais il existe une autre vie ;

J'implorerai les dieux pour lui.
Le ciel n'est pas d'airain lorsqu'un bon cœur le prie ;
            Il est sûr d'avoir son appui.
            Mais si ma prière était vaine
            Et s'il était sourd à mes vœux,
Mentor, cours à Paris, sur les bords de la Seine,
        Tu trouveras des mortels généreux.
            Fais appel à la bienfaisance,
            Conte tes peines, tes besoins,
            Parle de la reconnaissance
            Que j'ai conservé de tes soins.
            Dis-leur que lorsqu'en ton naufrage
            Je ne pus te porter secours
            Ni t'abriter contre l'orage,
        Le désespoir vint terminer mes jours.
            Dis-leur qu'à son heure dernière
            Ton Phanor vient en suppliant,
        Pour un vieillard délaissé sur la terre,
        Solliciter le cœur compatissant,
Adieu, mon pauvre ami, toi qui de ma jeunesse
            Pris tant de peines, de soucis.
        Adieu, Lisette... et toi dont la tendresse
            Me fut si chère... adieu Néris ;
        Donnez vos soins... » A ces mots il soupire,
Un long gémissement nous annonce sa fin,
            Dans son gosier sa voix expire ;
            Il veut parler, mais c'est en vain,
        Un froid mortel circule dans ses veines ;
            Il s'efforce, il rouvre les yeux,

Il donne encore une larme à nos peines,
C'est le dernier de ses adieux.

Tu meurs, Phanor, et je ne puis te plaindre,
D'un vol léger tu vas atteindre
Aux champs où l'être vertueux
Goûte le vrai bonheur des dieux.
Vert-Vert t'y rendra les hommages
Auxquels aspirent les oiseaux
Qui furent éloquens et sages,
Et comme toi furent si beaux.
Quand tu verras Gresset, dont la touchante lyre,
Peignait avec transport des appas séduisans,
Dis-lui que le feu qui m'inspire
N'est dû qu'à ses divins accens.
Phanor, adieu! Jouis dans l'Élysée
De mille plaisirs enchanteurs,
Mais donne à ta Néris une douce pensée,
Si tu veux arrêter ses soupirs et ses pleurs.

De mes malheurs la mesure est comblée,
De la religion j'implore le soutien,
A mon destin mon âme est résignée,
Je suis homme, je suis chrétien.

ENVOI.

Magistrat et marin, j'ai servi la patrie,
Souvent avec talent, toujours avec honneur ;
   Pour récompense à la fin de ma vie
     Je n'ai que misère et douleur,
   Octogénaire et sans ressource aucune,
   Mes derniers jours fuient dans le chagrin,
   Je n'attends rien de l'ingrate fortune,
     Et pour moi le ciel est d'airain ;
De vivre j'ai le droit, hélas ! que faut-il faire?
Je vous offre ces vers, ce sont les derniers chants
D'un vieillard malheureux qui, nouveau Bélisaire,
    Implore les cœurs bienfaisans.

FIN.

CET OUVRAGE SE TROUVE CHEZ L'AUTEUR,
rue de la Bibliothèque, n°. 6.